I

CLERMONT

(30 août 1847)

. . . .

Vous oublier, c'est s'oublier soi-même,
N'êtes-vous pas un débris de nos cœurs

LAMARTINE.

Quinze ans ont donc passé depuis ce jour !

                        O terre,

Combien tu me parus triste et froide, combien

A l'heure où tu me pris le cercueil de mon père,

Où je sentis son cœur se détacher du mien,

Tu fus bien à mes yeux cette immense vallée
Qu'emplit l'humanité de ses gémissements,
Où la pauvre âme humaine, à tout instant troublée,
Faiblit et se débat dans ses déchirements !

Septembre des forêts emportait les feuillages.
Des oiseaux voyageurs sous un ciel gris passaient
Le vent, à l'horizon, charriait des nuages
Que de faibles rayons par moment traversaient.
Agenouillé, brisé près de la fosse ouverte,
Lorsque j'en détacnais pour un instant mes yeux,
Au-dessus des tombeaux dont la terre est couverte,
Je voyais la douleur qui traversait les cieux
Entraînant dans son vol, au-dessus de nos têtes,
Nos rêves, nos berceaux, nos enfants, nos amours,
Et nous criant du ciel, au milieu des tempêtes :
« Vous m'appartenez tous jusqu'au dernier des jours ! »
Quinze ans se sont enfuis, mon Dieu, depuis cette heure,
Et je viens déposer, avec un chant nouveau,
Au lieu d'un cœur meurtri qui se brise et qui pleure,
Un cœur plein d'espérance au seuil de ce tombeau.

Quelle montagne immense a franchi ma pensée
Seigneur, depuis ce jour de lugubre douleur,

Depuis ce jour terrible où mon âme oppressée
N'apercevait au loin que le vide et l'horreur ;
Ne voyait l'avenir que sous des couleurs sombres,
Et croyait voir, au lieu de ce bleu firmament
Dont l'étoile au feu d'or vient dissiper les ombres,
Un vaste rideau noir semé de pleurs d'argent.
Quinze ans se sont enfuis !

                  Dans les bois pleins de sève,
Du printemps aujourd'hui c'est l'éclatant réveil.
C'est au cri de la foi que mon cœur me soulève,
Que je tombe à tes pieds dans ce jour de soleil,
Croix des morts, souvenir de la mort du calvaire,
Du lumineux calvaire où le Christ expirant
Apprit au cœur de l'homme à regarder la terre
Comme un chemin tracé vers Dieu qui nous attend.

Gais oiseaux du printemps, dans vos forêts profondes,
        Voltigez et chantez,
Car mon cœur qui m'échappe et plane entre deux mondes,
        Est rempli de clartés !

Car mon esprit joyeux qui n'est plus sur la terre,
    Des champs lointains du ciel,
Aperçoit, dans son vol, à travers la lumière,
    Le tombeau paternel !

Il comprend que ce monde est un séjour d'une heure,
    Qu'il le faut dédaigner,
Et que puisque Dieu veut qu'un cercueil y demeure,
    Il faut s'y résigner ;

Que nous nommons ici deuil, malheur et souffrance,
    Désespoir et tombeau,
Ce qu'il faut appeler réveil et jouissance,
    Délivrance et berceau ;

Que la tombe un matin nous saisit, mais que l'âme,
    Prête à monter vers Dieu,
Derrière elle apparaît dans un buisson de flamme,
    Jetant son cri d'adieu

A ses sœurs de la terre, à sa prison d'argile
    Où criaient les remords ;

Il comprend qu'il est vain et qu'il est puérile
De tant pleurer les morts ;

Qu'il faut, le front levé vers les cieux magnifiques,
Plein de sérénité,
Marcher sur les cercueils tout rempli des cantiques
De l'immortalité.

O Seigneur, n'est-ce pas qu'en touchant à la rive
Du monde où nous allons,
Je reverrai mon père et lui dirai j'arrive,
Au milieu des vallons

Vers lesquels notre esprit peut en brisant sa cage,
Ivre de liberté,
S'élancer à plein vol à travers le nuage
De ton immensité ?

N'est-ce pas que l'amour que tu brisas sur terre
Renaîtra sous tes yeux,

Que je retrouverai le regard de mon père
    Dans la splendeur des cieux?

Il mourut le cœur plein du feu de l'espérance
    Qui me transporte ici.
Lorsque je redescends vers vous, ô jours d'enfance,
    J'aime à le voir ainsi

Avec ses cheveux blancs, résigné, semblant dire :
    Du calme et pas de pleurs ;
Enfant, je vais monter vers le ciel qui m'attire,
    Et vous attendre ailleurs.

Avant de voir, Seigneur, éclater cette aurore
    De ton jour éternel,
Nous devons traverser d'autres mondes encore,
    Sur le chemin du ciel,

A moins que notre esprit ait assez de lumière
    Et de force à tes yeux
Pour s'élancer joyeux, des vallons de la terre,
    D'un seul bond vers les cieux !

Abrégez-moi, Seigneur, tous ces pèlerinages
Dans votre immensité,
Et que la mort m'emporte, au-dessus des orages,
Dans votre éternité.

1862

II

HAUTRAGE

(8 juin 1849.)

Aujourd'hui nous visitons les tombeaux de ceux que nous avons connus;
demain on visitera les nôtres ; tels
sont les décrets de la Providence.
(Poésie arabe. Elégie sur la mort de Tamerlan.)

Encor des chants plaintifs et de tristes pensées !
Encor des souvenirs et des larmes versées !
Je viens de visiter l'asile où le Seigneur
Fut le dernier témoin des sanglots de son cœur.
Là, pour se reposer de dix ans de soufffance,
Elle a vécu de foi, d'extase, d'espérance ;

Là, loin des bruits du monde et loin de ses deux fils,
Elle a mouillé de pleurs les pieds du crucifix.
De nos vallons en deuil s'enfuyait l'hirondelle,
Timide passereau que le printemps rappelle,
Quand je la vis pleurer pour la dernière fois ;
Son amour maternel, répandu dans sa voix,
N'avait jamais trouvé d'effusion plus tendre
Pour pénétrer mon âme et pour se faire entendre ;
Son regard si touchant, rempli de ses vertus,
Semblait me dire alors : « je ne vous verrai plus ! »

Pleine du souvenir de ses douleurs passées,
Grande et forte au milieu du deuil de ses pensées,
Ici le ciel la vit, en écoutant sa voix,
Tomber, les yeux en pleurs, à côté de la croix,
Et venir oublier les grandeurs de la terre
Dans ce pieux séjour de calme et de prière.
Aux jours de bonheur, non, je ne croyais pas
Qu'on dût chanter sitôt l'hymne de son trépas.
Pendant que j'essayais ma lyre encor timide,
Le Christ vint se poser sur sa lèvre livide,

Et son âme vola vers l'immortalité,
Sainte par la prière et par l'adversité.

Je veux voir maintenant sa dernière demeure
Tandis que la fleur brille aux rayons du couchant,
Tandis que l'airain pleure
Dans la tour du couvent.

Monument douloureux, humble croix funéraire
Où tout vient me parler d'espérance et de foi,
Tombe où l'on déposa le cercueil de ma mère,
Je suis seul avec toi !

Le jour, en t'éclairant de sa clarté mourante,
Trace des sillons d'or sur la splendeur des cieux ;
Tu me parais encor plus triste et plus touchante
Sous l'éclat de ses feux.

Loin des bruits d'une foule aux clameurs insensées,
Avant que le Seigneur ne l'eût conduite au port,
Son âme nourrissait de lugubres pensées
Dans ce champ de la mort.

Souvent elle y venait à l'heure où les ténèbres,
Ramènent dans les cieux les étoiles des nuits ;
Son pied plus d'une fois courba des fleurs funèbres
    A la place où je suis !

Comme tout a changé ! quelle voix pouvait dire,
Quand mon front recevait les baisers du berceau,
Que je viendrais pleurer avec ma jeune lyre
    Auprès de ce tombeau ?

Ici l'eau du Seigneur tomba des mains du Prêtre ;
Ici j'ai devant moi la croix d'un Dieu martyr ;
Ici j'aime à verser des pleurs qu'on sent renaître
    Lorsqu'on a vu mourir.

Ici je viens nourrir ma douleur solitaire,
Je viens me rappeler qu'au printemps de leurs jours
Ses deux fils n'ont pas vu son doux regard de mère
    S'éteindre pour toujours !

Oh ! non, regard divin, tu dois revivre encore !
Le soir, près du Sauveur, bien souvent je me dis
Que je te reverrai brillant comme une aurore
    Aux champs du Paradis.

Déjà je vois briller plus loin de moi que d'elle,
Ces globes dont l'éclat réjouit l'univers ;
Déjà la blanche lune, à son retour fidèle,
    S'avance dans les airs.

J'accomplis aujourd'hui le saint pèlerinage
Dont l'amour maternel me faisait un devoir.
Plus d'une fois encor, cyprès de cette plage,
    Je reviendrai vous voir

O toi qui m'embrassais quand nous pleurions ensemble,
Quand la mort vint frapper mon père et ton époux,
A la clarté des feux que le Seigneur rassemble,
    Vois ton fils à genoux !

Veille sur cette foi que ton cœur m'a donnée,
Pour que je meure en paix sous l'œil du Créateur,
Pour que ma lyre en deuil ne soit pas profanée
    Aux autels de l'erreur.

Couvre tes deux enfants de ta sollicitude ;
Dirige tous leurs pas vers les champs du salut,

Vers le bonheur du ciel, vers la béatitude
    Réservée aux élus.

Tu reçus en mourant l'immortel diadême.
Ma mère, soutiens-nous, afin que nous soyons
Aussi pieux qu'aux jours où tu plaçais toi-même
    L'eau sainte sur nos fronts.

Prenez vos plus doux bruits devant ce mausolée,
Brises qui parcourez ces chemins de douleur!
Unissez vos soupirs, sous la voûte étoilée,
    Aux accents du malheur!

Dans les bois d'alentour, règne une paix profonde.
Mon cœur est accablé de la grandeur de Dieu.
Tombeau silencieux, berceau d'un autre monde,
    Croix du Sauveur, adieu!

1852.

J. B.

Paris. — Typographie Gaittet, 7, rue de le Cœur.